Le génie du grenier

Christine Palluy vit dans le sud de la France avec son mari et ses trois enfants. Sa première publication pour la jeunesse date de 1999. Depuis, elle ne s'arrête plus. Elle écrit pour la presse et pour l'édition des histoires qui le plus souvent mêlent rythme, aventure et humour. Ses romans sont publiés chez Bayard Jeunesse, Milan, Lito et Hachette.

Du même auteur chez Bayard Poche :
La confiture de leçons (J'aime lire)
Jules a disparu - Un pirate à l'école (Mes premiers J'aime lire)

Éric Gasté est né en 1969 à Angers. Après avoir fait l'école Estienne à Paris, il devient rédacteur graphiste au *Journal de Babar, Youpi*, puis à *Astrapi* et *J'aime lire*. Il illustre essentiellement des histoires pour les tout-petits et habite désormais à Toulouse.

Du même illustrateur dans Bayard Poche :
Je suis un chat bleu ! - La soupe à la grimace - Le loup vert (Les belles histoires)
Ric la terreur - Sonia la colle - Perdu chez les sorciers - Victor veut un animal - Une journée avec papa - Le jeu qui fait peur (Mes premiers J'aime lire)

© 2007, Bayard Éditions Jeunesse
© 2004, magazine *Mes premiers J'aime lire*
Tous les droits réservés. Reproduction, même partielle, interdite.
Dépôt légal : avril 2007
Loi du 16 juillet 1949 sur les publications destinées à la jeunesse.

Le génie du grenier

Une histoire écrite par Christine Palluy
illustrée par Éric Gasté

mes premiers
j'aime lire
BAYARD POCHE

Chapitre 1
Le génie du calife Ali

Joris et ses parents passent les vacances dans une vieille maison au bord de la mer. Aujourd'hui, c'est le dernier jour des vacances. Maman et Papa vont faire des courses au village. Joris les rassure :
– Pas de problème ! Je peux rester tout seul à la maison.

Dès qu'il est seul, Joris monte l'escalier qui mène au grenier. La porte grince. Il entre tout doucement. Il a promis à sa copine Eugénie de lui rapporter un cadeau. Il va peut-être le trouver ici.

Dans ce grenier, il y a mille objets, et une tonne de poussière ! Joris remarque tout de suite des perles brillantes qui dépassent d'un coffret.

Il pousse un cri de joie :

– Voilà un collier pour Eugénie… Génial !

Tout à coup, il sent un souffle dans son dos. En même temps, il entend :

– Tu m'as appelé, Maître. Me voilà !

Joris se retourne. Un homme habillé comme un prince des Mille et une nuits le regarde. Incroyable ! Ses pieds sortent d'une vieille lampe à huile !

Joris n'en croit pas ses yeux. Il murmure :

– Mais… je ne vous ai pas appelé !

L'homme grogne :
— Comment ? Tu hurles mon nom : « Génie Génial », tu troubles mon sommeil, et tu dis que tu ne m'as pas appelé ? C'est une plaisanterie ?
— Mais... mais, bredouille Joris, je ne vous connais pas. Je parlais tout seul !

Génie Génial croise ses mains pleines de bagues sur son ventre rond. Il bouge ses gros sourcils :

– N'es-tu pas le fils d'Ali, le Grand Calife, mon maître vénéré ?

– Non, je m'appelle Joris, et mon papa est pompier.

Le génie demande soudain :
– Attends, à quelle époque sommes-nous ?
Joris répond :
– Au vingt et unième siècle !

Génie Génial caresse nerveusement la plume bleue de son turban. Il réfléchit :

— Bon ! Puisque ni Ali ni ses enfants ne m'ont appelé depuis plus de mille ans, je suis libre !

Tout gonflé de joie, il annonce :

— Pour te remercier de m'avoir libéré, je vais travailler une dernière fois pour toi. Fais un vœu, un seul, je le réaliserai. Après, je m'en irai.

Chapitre 2

Le vœu de Joris

Joris réfléchit à toute vitesse. Difficile de choisir un seul vœu… Ouf ! Il a une idée :
– Génie, tu dois m'obéir cent fois !
Les yeux de Génie Génial roulent dans tous les sens. Il hésite.

Soudain, il saute sur le sol en disant :
– Tu exagères… mais tu es sympathique. Je suis d'accord pour t'obéir dix fois.

Joris est enchanté. Il s'exclame :
– Génie Génial, va faire mon lit, s'il te plaît ! Après, comme deuxième vœu, tu termineras mon cahier de vacances.

Dans un nuage de fumée, le génie disparaît. Joris court dans sa chambre. Incroyable ! Son lit est rose, entouré de colonnes dorées et de voiles. Un drôle de pyjama brille de mille feux.

– Mais c'est un lit de princesse ! Je ne suis pas une fille ! s'écrie Joris.

Génie Génial ne répond pas. Il s'occupe déjà du cahier de vacances :
– Voilà, Maître. Que veux-tu, maintenant, comme troisième vœu ?
– Prépare le repas, ordonne Joris. Papa et Maman vont croire que c'est moi qui l'ai fait !
Génie Génial disparaît. Alors, Joris regarde son cahier.

Misère ! À la place des réponses, il voit des lettres peintes à l'encre d'or. Pas moyen de gommer. Le cahier est gâché, et Maman va être furieuse.

Joris se précipite à la cuisine. Sur la table et sur les étagères, cent plats d'argent débordent de mets fumants. Génie Génial croise les bras et s'incline :

– Par quoi veux-tu commencer, Maître ? Couscous royal ? Tajine de chèvre aux dattes confites ? Cornes de gazelle aux pétales de rose ? Tu dois manger de tout pour être fort. Ordonne, et je te servirai !

Joris bafouille :
– Je n'ai pas très faim. J'ai déjà mangé deux tartines, ce matin.
Génie Génial fronce ses gros sourcils :
– Maître, tu n'es pas satisfait ? Préfères-tu un dromadaire farci aux figues flambées ?
– Non, murmure Joris. Quand Papa et Maman verront ce désordre, ils vont se fâcher !

Les mains croisées sur le cœur, Génie Génial s'exclame :
— Ordonne, Maître, et je les enferme au fond d'une caverne.
Joris refuse : ce génie est zinzin !

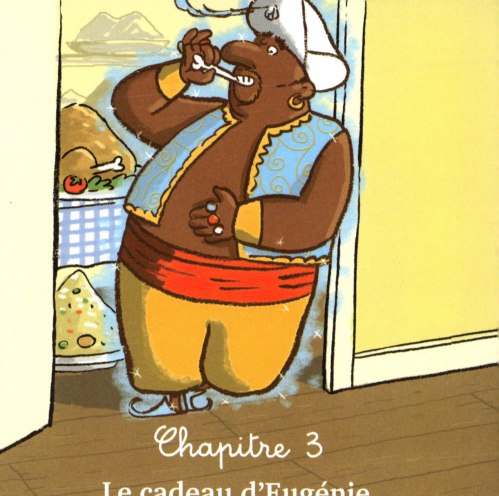

Chapitre 3
Le cadeau d'Eugénie

Pour son quatrième vœu, Joris réfléchit : il demande un vélo.

— À la rentrée, j'irai à l'école sans me fatiguer ! explique-t-il au génie.

Soudain, on entend des bruits bizarres.

Vingt dromadaires attendent à la queue leu leu dans le jardin. Le génie annonce fièrement :

– Voilà une caravane digne de toi, Maître. Tu devras juste brosser et nourrir ces dromadaires chaque jour.

Joris murmure : « Calamité ! » mais il essaie de sourire quand même. Il ne veut pas fâcher le génie.

Comme cinquième vœu, Joris demande :
– Je voudrais une radio pour ma copine Eugénie ! Elle adore danser.

« Bing ! » « Bang ! » Aussitôt, des paniers atterrissent dans le salon. Des flûtes en sortent et se mettent à jouer. Cent serpents à sonnette sortent à leur tour en ondulant. Ils sifflent et dansent tous en même temps. Joris a l'impression que son cœur s'arrête de battre.

Maintenant, il en est sûr : ce génie est complètement dingo ! Joris n'hésite plus, il grimpe sur la table en criant :

– Vœux six, sept, huit, neuf et dix : remets tout comme avant ! Vite !

Génie Génial, très vexé, devient tout rouge et jette son turban par terre :

– Drôle d'idée, Maître. J'obéis mais je vais disparaître. Adieu !

Un grand nuage de fumée enveloppe alors la maison.

Un par un, les serpents s'envolent avec leurs paniers, les dromadaires disparaissent, les plats s'effacent.

Joris court jusqu'à sa chambre. Le lit est comme avant, le cahier de vacances est tout neuf. Ouf ! En un clin d'œil, tout a repris sa place, et le génie a disparu.

Joris ne peut pas s'empêcher de danser.

Il va ramasser le turban et le cache dans sa valise. Avec sa jolie plume bleue, ce turban fera un beau cadeau pour Eugénie. Ce sera encore mieux que le collier du grenier.

Le lendemain, c'est la fin des vacances. Après un long voyage, Joris revient chez lui. Dans sa chambre, il ouvre la valise. Zut ! Le turban a disparu ! À la place, Joris trouve un mot écrit en lettres d'argent :

Maître,
J'ai repris mon turban.
J'avais froid aux oreilles.
Au fait, j'ai perdu une bague en travaillant. Si tu la trouves, elle est à toi.
Signé : Gé. Gé.

Joris se jette sur sa valise, mais il a beau fouiller, il ne trouve rien. Le cœur gros, il replie son vieux pyjama. Soudain, quelque chose glisse de sa poche.

Merveille ! La plus belle bague du génie, faite de diamants et de rubis, vient de tomber sur le lit ! Le cœur de Joris bat très fort. Il serre la bague dans sa main :
– Demain, Eugénie aura un cadeau de princesse des Mille et une nuits !

Des romans pour les lecteurs débutants

Édition

Réfléchir et comprendre la vie de tous les jours

Rire et sourire avec des personnages insolites

Se faire peur et frissonner de plaisir

Rêver et voyager dans des univers fabuleux

Se lancer dans des aventures pleines de rebondissements

© Eric Gasté

mes premiers j'aime lire
Lire est un jeu d'enfant !

Presse

Mes premiers J'aime lire, un magazine **spécialement conçu pour accompagner les enfants du CP et du CE1** dans leur apprentissage de la lecture

Un rendez-vous mensuel avec **plusieurs formes et niveaux de lecture :**
- une histoire courte
- un vrai petit roman illustré inédit
- des jeux et la BD Martin Matin

Avec un **CD audio** pour faciliter l'entrée dans l'écrit.

Chaque mois, les **progrès de lecture de l'enfant sont valorisés**, du déchiffrage d'une consigne de jeux à la fierté de lire son premier roman tout seul.

Réalisé en collaboration avec des orthophonistes et des enseignants.

 Pour en savoir plus : www.mespremiersjaimelire.com

J'AIME LIRE
Des premiers romans à dévorer tout seul !

Édition

Réfléchir et comprendre la vie de tous les jours

La maison de mon grand-père

Mon meilleur copain

Rire et sourire avec des personnages insolites

Crapounette à l'école

Alerte : Poule en panne !

Se faire peur et frissonner de plaisir

C'est dur d'être un vampire

La nuit des squelettes

Rêver et voyager dans des univers fabuleux

Le secret de Farida

La grande course

Se lancer dans des aventures pleines de rebondissements

Le tour du monde de Nino

La villa d'en face

Tes histoires préférées enfin racontées !
J'écoute J'AIME LIRE

La confiture de leçons

La charabiole

Le mot interdit

Les cent mensonges de Vincent — *Victor, l'enfant sauvage*

J'AIME LIRE 100% lecteurs !

Presse

Le magazine *J'aime lire* accompagne les enfants dans des **grands moments de lecture**

Une année de *J'aime lire*, c'est :

- **12 romans de genres toujours différents :** vie quotidienne, merveilleux, énigme...
- **Des romans créés pour des enfants d'aujourd'hui** par les meilleurs auteurs et illustrateurs jeunesse.
- **Un confort de lecture très étudié** pour faciliter l'entrée dans l'écrit : place de l'illustration, longueur du roman, structuration par chapitres, typographie adaptée aux jeunes lecteurs.

Chaque mois : un roman illustré inédit, 16 pages de BD, et des jeux pour découvrir le plaisir de jouer avec les mots.

Pour en savoir plus : www.jaimelire.com

Achevé d'imprimer en avril 2007 par Oberthur Graphique
35000 RENNES – N° Impression : 7681
Imprimé en France
ISBN 978-2-7470-2216-3